CARW NADOLIG OLWEN

I Jay, Jean, Marion
a'r merched ceirw gwreiddiol, Rosie a Raffi.

Cyhoeddwyd gyntaf yn Saesneg 2016 gan Simon and Schuster UK Ltd
Llawr cyntaf, 222 Gray's Inn Road, Llundain WC1X 8NB y teitl *Ollie's Christmas Reindeer*
Cyhoeddwyd gyntaf yn Gymraeg 2017 gan Wasg y Dref Wen Cyf.
28 Ffordd yr Eglwys, Yr Eglwys Newydd, Caerdydd CF14 2EA
Ffôn 029 20617860.
Mae'r cyhoeddwr yn cydnabod cefnogaeth ariannol
Cyngor Llyfrau Cymru.

Argraffwyd yn China.

CARW NADOLIG
OLWEN

Nicola Killen

Addasiad Mari Dalis

DREF WEN

Noswyl Nadolig oedd hi ac roedd Olwen newydd fynd i gysgu,

tinc, tinc, tinc

pan ddihunodd eto'n sydyn.

Beth oedd y sŵn 'na?

Brysiodd at y ffenest, ond yr unig beth i'w weld
oedd blanced o eira newydd!

Cydiodd yn ei sled, rhedeg i lawr y grisiau …

… a chamu allan i'r noson oer.

Roedd Olwen yn chwerthin yn uchel wrth neidio i ddal pluen eira, pan glywodd y tincial hudol unwaith eto.

tinc, tinc, tinc.

Roedd yn rhaid iddi ei ddilyn.

Wwwwwwwsh!

Wrth iddi wibio i lawr y bryn, clywodd y clychau bach unwaith eto.

tinc, tinc, tinc.

A'r tro hwn roedden nhw'n llawer cliriach.

Wrth i'r gwynt chwibanu, ac wrth i'r coed ysgwyd,
daeth tincial y clychau'n uwch ac yn uwch.

tinc, tinc, tinc.

Roedd Olwen yn agosáu.

Crensh, crensh, crensh.

Camodd carw drwy'r eira ffres tuag at Olwen.

"H . . . h . . . helô," sibrydodd hi, yn methu
coelio ei llygaid, bron.
"Am hon rwyt ti'n chwilio?"

Penliniodd y carw'n amyneddgar wrth i Olwen glymu ei goler.
Yna, plygodd e'n is ac yn is.

Roedd Olwen yn gwybod yn union beth i'w wneud, a dringodd hi ar ei gefn.
Meddyliodd hi tybed ai taith drwy'r goedwig oedd o'u blaenau,
ond er mawr syndod iddi …

… dyma nhw'n codi fry i awyr y nos,
gan adael y coed ymhell oddi tanyn nhw!

Teithion nhw dros diroedd llawn eira a thros
foroedd oedd yn disgleirio yng ngolau'r lleuad.
Wrth iddyn nhw deithio yn eu blaenau, crynodd
Olwen ac roedd y carw'n gwybod bod un lle
arall ar ôl i ymweld ag e.

Glaniodd y ffrindiau newydd yn ysgafn yn yr eira. "Diolch i ti," sibrydodd Olwen.

Roedden nhw eisiau aros gyda'i gilydd, ond roedd angen help y carw ar un person arbennig iawn y noson honno.

Sleifiodd Olwen yn ôl i'w hystafell gan agor ei cheg yn gysglyd …

… ac mewn dim o dro, roedd hi'n breuddwydio am ei thaith hudol.

tinc, tinc, tinc.

Y tro hwn, ddihunodd y clychau arian mo Olwen …